Vor der Windstille

Vor der Windstille

Gedichte
von
Michael Groißmeier

Literatur bei Arcos
Band 4

Arcos Verlag

Die Deutsche Bibliothek – CIP-Einheitsaufnahme

Groißmeier, Michael :
Vor der Windstille : Gedichte / Michael Groißmeier. - Ergolding :
Arcos-Verl., 1998
    (Literatur bei Arcos ; Bd. 4)
    ISBN 3-9804608-7-8

Herausgeber:
Arcos Verlag, Landshut

Gesamtherstellung:
Bosch-Druck, Landshut
Abbildungen: (Einband und Nr. 2–9 Sammlung Erich Seidl,
Dachau; Nr. 1 Sammlung Dr. Bärbel Schäfer, Dachau)
aus „Bärbel Schäfer: Ludwig Dill/Leben und Werk",
© 1997 Dr. Bärbel Schäfer, Dachau

Abbildung Schutzumschlag: *Oktoberabend im Moor*

Abbildung Seite 3: *Pappeln am Moorbach*

ISBN 3-9804608-7-8

Inhalt

In der Windstille
vorkosten
die Totenstille.

Im weißen Moor

Immer die Sehnsucht

Immer die Sehnsucht,
auf der anderen Seite zu sein,
am Gegenufer des in
Strömen fließenden Lichts,
jenseits des schneeschimmernden Gebirgs,
von weißen Wolken vorgetäuscht –
immer die Sehnsucht
nach dem abgewandten Blick
des janusköpfigen Gotts.

Der Tag

Der Tag lauert
vor meinem Mund.
Mit Licht- und Schattentatzen
versucht er hineinzulangen
in die Mundhöhle,
meine Zunge zu fangen,
den flatternden Vogel,
und ich presse
meine Zähne zusammen. –
Die Gitterstäbe,
werden sie halten?

Das Licht

Unmerklich zieht es sich zurück,
das Licht,
überläßt uns der Nacht.

Auch am letzten Tag
wird es uns nicht beistehn,
wird es sich davonstehlen –

zuerst aus unseren Augen.

Leben

Und immer dieses starre,
lidlose Licht vor Augen –
das Auge des Tods.

Licht von drüben

Der Maulwurfshügel über mir,
die Nacht,
und durch ein Loch,
das man leichthin Gestirn nennt,
fällt etwas Licht ein,
Licht von drüben.

Wie erwart ich die Nacht?

Erwart ich sie,
den Blick abgewandt,
daß sie mich anspringt
von hinten?

Erwart ich sie,
den Blick zugewandt,
daß sie mich anspringt
von vorne?

Den Biß ins Genick,
den Biß in die Kehle,
noch kann ich wählen.

Um nicht einsam zu sein

Der Nacht öffne ich das Fenster,
um nicht einsam zu sein.
Sie legt sich auf mich,
schließt mir Augen und Mund,
gibt mir die Gelassenheit zu schlafen,
zu träumen von Gräbern im Mittaglicht,
von den Rufen der Tauben
wie die Seufzer der Toten.

Frühting

Warum haben wir Angst?

Warum haben wir Angst
vor der Erde,
die so Sanftmütiges hervorbringt
wie Blumen?

Warum haben wir Angst vor ihr?

Sind wir doch selber aus Erde
und tragen in uns,
was keimen wird und wachsen
nach unserem Zerfallen!

Übergelaufen

Keine Not
(wie mit Verszeilen)
im Umgang mit Gartenerde:

Was ich aussäe,
geht auf.

So absichtslos Gewachsenes
findet sich wohl in keinem
Gedicht.

Was schon bedeutet
das Wort,
gesprochen, geschrieben,
gegen das Aufleuchten
einer Blüte!

Übergelaufen bin ich
längst
zu den Blumen.

Jäten

Mit den Wurzeln reißt er aus,
was er so Unkraut nennt,
streichelt die Blumen.

Manchmal zerreibt er
einen Brocken Erde,
streut ihn über das Beet.

So macht er sich vertraut mit dem,
was kommen wird.

Das Augenaufschlagen

Das Augenaufschlagen
am Morgen –
wir müssen es noch
von den Blumen haben,
die aus uns wuchsen,
als wir noch Erde waren.
Das Augenaufschlagen
am Morgen –
unsere Erinnerung
an sich öffnende
Blumenkelche,
dem Licht entgegen?

Ja, auch die Erde

Meine Freunde –
aufzuzählen an den
Fingern einer Hand:
das Licht, der Wind,
der Fluß, die Weide –
ja, auch die Erde,
die mich trägt
und erträgt –
Gern nehme ich eine Handvoll,
um zu spüren,
wie ich mich anfühle,
später.

Ob das genügt?

Ein wenig Erde
auf die Augenlider,
ein wenig Erde
in den Mund –

Ob das genügt,
uns ruhigzustellen
für immer?

Eine Schaufel Erde

Eine Schaufel Erde, genug,
einen Blumentopf zu füllen,
Kerne zum Keimen zu bringen,
Pflanzen zu nähren,
daß sie grünen, blühen,
eine Schaufel Erde, genug,
uns die Mäuler zu stopfen.

Vor der Verwandlung

Warum wurde ein Klumpen Erde
zu diesem Körper aus Fett, Fleisch,
Knochen und Blut,
wurde er zu dieser Hand,
zu diesem Fuß?
Warum wird er zu Bewegungen gezwungen,
die vorher,
vor der Verwandlung
in Arme und Beine,
viel anmutiger geschahn
durch Halm, Rispe und Blatt,
und ohne die Fähigkeit,
zu verletzen?

Die gleiche Sprache

Zum Sprechen gebracht werden
als Grashalm
vom Wind,
in der Sprache des Grashalms
zu erfahren, wie es ist,
die gleiche Sprache zu sprechen
wie die anderen Grashalme,
unverbrüchlich die gleiche,
eine Sprache
ohne Hintersinn und Verstellung.

Was bleibt

Schreib weiter,
über den Rand des Blattes hinaus!
Das in den Wind Geschriebne,
nur dieses wird bleiben!

Herbstabend im Moor

Die Bäume

Die Bäume hören uns sprechen,
jeder Zweig, jedes Blatt –
Im Blattgrün speichern sich
unsere Gespräche,
Wort für Wort,
in den Zweigspitzen lagern sie sich ab,
sie legen sich mit den Jahresringen
um den Stamm,
sickern hinab bis zu den Wurzeln –
Jeder Wipfel ein nachgesprochenes,
unablässig wiederholtes
hell rauschendes Wort.

Die eine

Den tausendfältigen Zungen
im Laubwipfel lauschen,
die eine heraushören,
die allein zu mir spricht.

Nach dem Regen

An den Zweigen
die glitzernden Tropfen,
einer neben dem andern,
wie abgezählt.

Keiner zuviel,
keiner zuwenig,
so scheint es.

Wenn einer fällt,
sieht es aus,
als habe sich jemand verzählt,
als werde die Rechnung bereinigt.

Laubfall

Die Blätter lassen sich fallen
mit einem Vertrauen,
das anmutet wie Leichtsinn.

Als Baum

Oft steht er barfuß im Garten
und wartet darauf,
daß sich seine Zehen
in der Erde verwurzelten –

denn so werde er dem,
was auf ihn noch einstürmen wird,
eher standhalten können:
als Baum.

Meine Schritte

Meinen Schritten
horche ich nach,
wie sie im Erdboden verhallen,
umherirren im Wurzelwerk
eines Baums –
bis sie den Einstieg finden
in den Stamm,
die Jahresringe empor
wie auf einer Wendeltreppe,
und wandern,
ruhelos wandern im Wipfel.

Unsicheres Versteck

Ich halte mich verborgen
in den Jahresringen des Baums –

Sie werden ihn fällen,
Schießscheiben schneiden
aus seinem Stamm –

Der Pfeil wird mich finden
im innersten Ring.

Der Baum ist gestorben

Zusammen wuchsen wir auf,
der Baum und ich.

Nun ist er vor mir gestorben.

Stück um Stück
zersägen sie ihn.

Stück um Stück
zersägen sie mich
mit den Jahresringen,
in denen ich vorkomme.

Gestorben für freie Aussicht

Gefällt und entrindet
der Baum —

So sehen Märtyrer aus,
die man gehäutet hat.

Gestorben der Baum
für freie Aussicht
auf Wellblech und Beton.

Saurer Regen

Auch der Regen
ist nicht mehr harmlos
wie in der Kindheit.

Er vergiftet die Erde,
von der wir uns alle
einen Mundvoll
zu nehmen haben,

vergiftet uns noch
als Tote.

Im Park

Die Götter sind fortgezogen.
Nur mehr ihre Schatten
stehen versteinert im Laub.
Mit blinden Augen blicken sie
den Vorübergehenden nach,
wissend um deren Geschick,
aber ihre Münder bleiben stumm,
Efeuhände haben sich auf sie gelegt,
jede Verlautbarung erstickend.
Wer sich ins Laub beugt,
das Ohr an die Steinbrust legt,
weicht erschrocken zurück:
Er hat die Lautlosigkeit vernommen,
wenn einem stehnbleibt das Herz.

Warten auf Wind

Dieses Atemanhalten
in den Laubwipfeln.
Dieses Warten auf Wind.
Plötzlich Bewegung:
ein Hauch –
Das Laub atmet auf.

Vor der Windstille

Gern höre ich im Halbschlaf
dem Atmen der Laubbäume zu.

Glücklich, zu wissen,
daß man nicht allein ist
vor der Windstille.

Windstille

Etwas sein,
das nicht auffällt,
das einfach da ist:
Windstille.

Wind sein

Geht unser Atem ein
in den Wind,
wie unser Fleisch
in die Erde?

Zweige bewegen, Laub:
So könnte ich weiterleben
nach dem Tod.

Eingehn in den Atem
anderer,
gemeinsam mit ihm
Wind sein,
wehen,
etwas bewegen.

Wieviel Luft wartet

Wieviel Luft wartet,
geatmet zu werden,
wieviel Nachtluft,
Schneeluft!

Wieviel Licht wartet,
erblickt zu werden,
wieviel Morgenlicht,
Septemberlicht!

Wieviele Münder warten,
wieviele Augen!

Zwischenräume

Zwischenräume,
die wir ausfüllen
mit unserem Atem,
unseren Worten.
Zwischenräume,
Zufluchtsorte
für unseren Atem,
unsere Worte,
wenn wir schweigen müssen
für immer.

Abend am Moorbach

Daphne

Irgendwann hast du dich
in einen Baum verwandelt –

Wie soll ich dich herausfinden
unter all den Bäumen?

Zuerst will ich dich suchen
bei den Uferweiden am Fluß –

Die lieb ich am meisten,
hast du's vergessen?

Aber die Uferweiden,
sie fielen den Äxten zum Opfer.

Wie die Weide

Um den Fluß zu verstehn,
braucht es nicht viel:
Stillsitzen am Ufer,
mit dem Rücken
an eine Weide gelehnt.
Du spürst die Rinde
wie deine eigene Haut,
das Steigen des Saftes im Stamm
wie das Fließen deines eigenen Bluts.
Die Regung der Blätter im Wind
setzt sich in der Bewegung
deiner Lippen fort:
Schon sprichst du wie die Weide,
sprichst du wie sie mit dem Fluß,
verstehst ihn am Ende wie sie.

Bei den Steinen

Am liebsten sitze ich bei den
Steinen am Fluß:
Sie verstehen zu schweigen.

Und sie verstehen zuzuhören:
dem Wasser, den Weiden im Wind,
die Zwiesprache halten.

Diese Dreieinigkeit,
an der ich teilhaben möchte,
jetzt schon, vor der Verwandlung!

Der Fluß

Was mir schwer auf der Zunge liegt,
was ich nicht auszusprechen wage,
dem Fluß geht es leicht
über die Lippen.

Er liest mir die Gedanken
von der Stirne ab.
Er nimmt mir die Worte
vom Mund.

Er zwingt mich,
ihm zuzuhören.
Er sagt,
was ich verschweige.

Am Flußufer

Jetzt, in der Dämmerung,
da ich wie angewurzelt stehe
vor der kommenden Nacht,
kann es sein, daß mich der Wind
für einen der Bäume
am Flußufer hält –

Wie sonst striche er mir
über das Gesicht,
so wie er über Baumwipfel streicht,
suchte nach meiner Zunge,
sie zum Sprechen zu bringen
wie das Laub über mir!

Hoffnung

Der Fluß umspült
meine Zehen,
macht keinen Unterschied
zwischen ihnen und den
Wurzeln der Uferweide –
So wage ich zu hoffen,
er werde mich
im Gedächtnis behalten,
später,
wie diese.

Mein Spiegelbild

Wird sich das Wasser des Flusses
meiner erinnern,
das jetzt mit meinem
Spiegelbild spielt –
Wird es sich meiner erinnern,
der ich am Ufer steh
und auf mein Spiegelbild starre
wie auf einen Ertrinkenden?

Am See

Weit draußen auf dem See
bewegungslos ein Boot –
Die Windstille hat sich
in das weiße Segel
am Mastbaum zurückgezogen –
sich des Laubwipfels erinnernd,
den auch er einmal trug?

Tanka

Abenddämmerung –
Meine Gedanken wandern
gegen die Wellen,
während die Wellen gegen
meine Gedanken wandern.

Im Boot

Ich warf die Ruder fort,
hingerissen vom Ruderschlag
deines Herzens.

Herzschläge

Herzschläge,
Ruderstöße,
die mich vorwärtsstoßen
durch Tage und Nächte,
die Stromschnelle Leben hinab.

Landeinwärts

An den Laubwipfeln,
landeinwärts,
bricht sich das Echo
der Meeresbrandung –

Wer hörte nicht
die Untergänge heraus,
von den Meereswogen erzählt –

weitererzählt
von Wipfel zu Wipfel,
von Blatt zu Blatt –

weitererzählt
von Jahrtausend zu Jahrtausend.

Am Meer

Zu Sand zerrieben
die Augen der Ertrunknen –
Die Wellen schwemmen ihn
an den Strand.

Blinder Sand,
bald schon überwachsen
vom Strandhafer.

Schwimmen im Meer

Die Wellen schlagen
gegen meine Brust –

Ich spüre den Herzschlag
des Meers –

spüre bald
einen Gleichklang
zwischen ihm
und dem meinen.

Der Ertrunkne

Vielleicht ein Fisch,
den ein böser Zauber
in einen Menschen verwandelte –
und der daran ertrank.

Robinson

Er unterhält ein geringes
Feuer mit Wörtern,
die er sich vom Mund abspart,
täglich ein wenig mehr,
sendet Rauchzeichen aus,
SOS-Rufe des Verstummens,
während er insgeheim hofft,
sie würden unentdeckt bleiben.

Signale

Mit Vorliebe geht er
über eine Eisdecke,
die schmilzt –
den Tod in Versuchung zu führen?
Er sieht die Sprünge im Eis,
sieht die Sprünge in der Luft –
Entstehen sie durch seinen
Herzschlag? –,
und er sieht sie nach allen
Seiten hin verlaufen,
hört in alle Richtungen hin
ihr Knistern –
Signale?
Wer wird sie empfangen?

Wie bald!

Die dünne Schneedecke
zwischen uns
und den Verstummten
da unten,
wie bald
schmilzt sie weg!

Herbstliche Pappeln

In meinem Käfig hier

Im Wolkenkuckucksheim,
da möcht ich wohnen!

Ein Luftschloß
wär mir zu fein.

In meinem Käfig hier
bleibt mir nichts anderes übrig,
als die Flügel hängen zu lassen
und den Schnabel zu halten.

Luftschlösser

Die Wolken türmen sich
zu Luftschlössern.

Ich stelle mir vor,
wie es ist,
in ihnen zu wohnen:

schwebend,
ohne festen Boden
unter den Füßen.

Und wenn sie einstürzen
nach einem Himmelsbeben,
wird niemand mich finden,
bleib ich verschüttet
unter Blöcken aus Blau.

Die Wohnung der Toten

Auf Grabsäulen ruht die Luft,
Zypressen –
ein durchsichtiges Haus,
die Wohnung der Toten.

Es ist gut,
sich schon jetzt
in Gedanken
darin einzurichten,
sich wohnen zu sehn
mit den Toten,
in Eintracht mit ihnen.

Wenn ich mich wegdenke

Wenn ich mich wegdenke
von dem Raum,
den ich ausfülle,
jetzt noch,
was würde ihn einnehmen?

Luft, sage ich mir,
die nachfließt,
Licht, das einströmt
in den von mir geräumten Raum –

und keiner
würde es merken,
daß da eben noch einer
gewesen.

Meine Zeugen

Später wird man nicht mehr wissen,
daß ich gelebt habe.
Und auch die Bäume
wird es nicht mehr geben,
die zeugen könnten für mich.

Ballonfahrt

Emporsteigen mit dem Ballon,
von allen Erdenfesseln befreit,
schwerelos schweben,
die Wolken als Gefährten –

wenigstens für eine gewisse Zeit,
dann führen sie mir ihre Auflösung vor,
mit welcher Leichtigkeit
sie vergehen im Blau –

Wann werde ich
überwechseln
zu ihnen?

Wiederkehren

Verlöschen,
schmerzlos
mit den Wolkenschatten,
ohne daß die Erde
sich auftut –

und wiederkehren,
unversehrt,
fast unbemerkt.

In Erwartung

Auch diesmal hat der Wind
nichts dabei für mich.

Was erwarte ich mir denn
aus den Lüften –

einen Duft,
einen Laut,
linde Tropfen –

die, wenn ich Glück habe,
keine Tränen sind,
keine Todesschreie,
kein Verwesungsgeruch!

Birken am Weiher

In Gedanken

Ich bin in Gedanken,
stolpere über die Türschwelle,
bin noch im Wald,
wo ich über Baumwurzeln stolperte —

Wie kommt die Baumwurzel
in mein Haus,
gibt sich als Türschwelle aus?

Der Tisch

Neulich erinnerte mich der Tisch
an sein Dasein als Baum,
wie er mit den Wurzeln
ein Stück Erde umfaßte,
mit den Zweigen
ein Stück Himmel;
niemals könnten Menschen
etwas so sehr ihr eigen nennen
wie ein Baum,
alles zerrinne ihnen
zwischen den Fingern,
der Wind, der Regen, das Licht,
und aus der Erde,
in die sie sich verkrallten,
wenn sie fortmüßten,
holten sie sich keine Kraft,
geschweige denn Tröstung.

Das Bild an der Wand

Ein Wiesental,
ein Bach,
der es durchfließt.
Büschel von Sumpfdotterblumen
säumen seinen Lauf.
Oftmals steh ich vor dem Bild,
stelle mir die Autobahn vor,
die das Wiesental
einmal durchziehen wird,
seh die Toten,
die nach Unfällen
in den Sumpfdotterblumen liegen,
die Finger in sie verkrallt,
als hätten sie Halt suchen wollen,
während es mit ihnen dahinging
und das Bachwasser es eilig hatte,
den Rinnsalen des Bluts
zu entkommen.

Alles wie nie gewesen

Ein Autorad
über die Brust,
und keine Sonette mehr
von Trakl,
keine Brucknerschen
Hornstellen,
alles wie nie gewesen.

Das Schaukelpferd

Das Kind ist erwachsen,
und ohne das Kind
ist das Schaukelpferd tot.

Ein anderes Kind
wird es wieder
zum Leben erwecken,
irgendwann.

Doch das Schaukelpferd
wird wieder sterben,
und ob es jemals wieder
zum Leben erweckt wird,
wer mag das hoffen –

da ohne Arme und Beine
die Kinder geboren werden
auf dieser verseuchten Erde!

Das Kind

In seiner Puppe
sieht es sich selbst.
Wenn es sich fürchtet,
versucht es, sie zu beruhigen.
Wenn es etwas angestellt hat,
schimpft es sie aus –
bis es sie satt hat
eines Tags
und ins Wasser wirft.
Später, wenn es erwachsen ist,
ist es ihm manchmal,
es müsse der Puppe nachspringen
ins Wasser,
ihre Augen suchen
im Geröll,
um die eigenen
wiederzufinden.

Das Vergehen der Zeit

Im Fenstergeviert ein Stück Himmel,
dann und wann von einer
Wolke durchwandert,
von einem Vogel durchflogen.
Nichts ereignet sich
als die Wolkenwanderung,
der Vogelflug,
nichts, als daß die Zeit vergeht,
sich an uns vergeht,
indem sie uns täuscht
mit Wolkenwanderung,
Vogelflug.

Stehngebliebene Standuhr

Die beiden zur Bewegungslosigkeit
erstarrten Zeiger
wollen uns weismachen,
daß sie stehngeblieben sei,
die Zeit.

Doch sie eilt weiter.
Das Pochen in meiner Brust
zeigt es mir an.

Der Perpendikel
weist senkrecht nach unten,
in eine Richtung,
in der ein jegliches
zur Ruhe kommt.

Die Unruhe in uns

Immer nötigen wir den Dingen
unsere Unruhe auf,
so auch der Uhr.
Aber werden wir darob ruhiger?

Was treibt uns um?
Was drängt uns dazu,
immerfort auf das Zifferblatt zu blicken?

Was ist ihm schon abzulesen,
als daß die Zeit vergeht!

Das wissen wir auch so,
und daß wir sie loswerden,
die Unruhe in uns,
ganz ohne unser Zutun,
eines schönen Tags,
und für immer.

Verunsichert

Immer öfter horche ich
nach der Uhr in mir.
Ich vergleiche ihr Ticken
mit dem Ticken meiner Armbanduhr
und stelle keine Übereinstimmung fest.
Die Uhr in mir
ist meiner Armbanduhr voraus.
Ich bin verunsichert.
Welche Uhr geht richtig?
Welche schlägt der Zeit ein Schnippchen?
Nach welcher soll ich mich richten?

Nach japanischen Farbholzschnitten

I

Die Flötenspielerin

1

Bei ihrem lieblichen Spiel
öffnen sich die Kirschblüten,
öffnet sich sein Herz.

2

Bei ihrem lieblichen Spiel
vergessen die Kirschblüten
das Welken,
vergißt sein Herz
einen Schlag.

II

Der Dichter Li T'ai-po am Wasserfall

1

Was niederfällt –
hörbar und sichtbar
gewordene Zeit.

2

Unversiegbar wie Wasser
unser Leben –
Es wechselt nur
von oben nach unten.

Es wird dir genügen

Die Jahre gehen vorbei,
und an manche
erinnerst du dich nur,
weil Schnee in Massen fiel
oder der Sommer
im Dauerregen ertrank.
Vielleicht auch streifte dich
ein Zweig an der Stirn,
und es wurde dir heller
vor Augen.
Was dir künftig
noch zukommen mag,
es wird dir genügen,
die Jahre zu unterscheiden
nach Licht, Wind, Schnee
und dich zu erinnern
vielleicht nur an ein einziges,
dir jäh an die Brust
gewehtes Blatt.

Die Freunde

Die Freunde sind fort.
Nur die Ameisen
finden den Weg noch zu mir.
Sie kommen durch Ritzen und Spalten,
sind Gäste an meinem Tisch.
Sie naschen vom Tropfen,
ob Honig, ob Träne, ob Blut,
und tragen die Krumen,
die Reste von Glück
und Gelassenheit fort.

Leben mit einigen Erinnerungen

Leben mit einigen Erinnerungen:
wie du deinen Mund bewegtest,
eine Frucht pflücktest,
ein Tier streicheltest,
Leben mit einigen Bewegungen
deiner Lippen, deiner Hände,
Bewegungen gegen das Vergessen.

Ein Stück Himmel mit Wolken

Eine Elster,
die Zweige sammelt
für ihr Nest.

Tag für Tag beobachte ich sie
vom Fenster aus.

Ich bewundere ihre Emsigkeit,
ihre Furchtlosigkeit vor dem Sturm,
der ihr das Gefieder zaust,
das Nest vom Wipfel zu reißen droht.

Gilt Unheil ihr nichts?
Keine Ahnung vom Tod?

Die spiegelnde Scheibe,
dahinter ich mich verberge
mit schaudernder Stirn,
voller Furcht und Verzweiflung,
der Elster ist sie ein
Stück Himmel mit Wolken.

Täglich Versuche

Täglich Versuche,
diese Schneefläche Papier
zu bezwingen.
Täglich Buchstaben,
Fußstapfen hinein in die Ödnis,
und die Erkenntnis,
nicht mehr umkehren zu können,
vor nicht erreichten Worten
zu Boden zu gehn,
zu erfrieren
im Schweigen.

Lesen zur Nacht

Ich versuche, die Blindenschrift
der Sterne zu lesen,
aber meine Fingerkuppen
sind zu schwach.

Abend bei Dachau

In allem die Asche

Wir essen die Früchte der Erde,
wir trinken das Wasser der Erde,
aber nicht geht ein in uns
die Gelassenheit der Erde,
die Furchtlosigkeit der Erde,
die Zuversicht der Erde.

Wir essen die Früchte der Erde
und essen Furcht,
wir trinken das Wasser der Erde
und trinken Verzweiflung,
wir schmecken in allem die künftige Asche,
aus der sich kein Phönix mehr erhebt.

Angst

Die Galgen sind abgebaut.
Aber ihre Schatten
liegen noch über dem Land.
Ich habe Angst,
meinen Kopf in eine der
Schlingen zu bringen,
die in der Luft hängen,
dem Auge nicht sichtbar.

Dachau

Bäckereien –
sie sind mir verdächtig.

In den Säcken lagert Mehl
aus der Knochenmühle.

Was bäumt in den
Glutöfen sich auf?

Gestapelte Urnen
die Wecken und Laibe.

Wer in Brot schneidet,
schneidet in Asche.

Leichenschänderisch
unser Hunger:

In Asche beißen wir,
auf Zähne aus Gold!

Buchenwald

Die Buchen schweigen
mit den Zungen
der Toten.

In den Laubwipfeln
die Windstille
hält Totenwache.

Gedenktafel

Hier ruht der
Staub von Zungen,
kundig einer Sprache,
über die Gras wächst.

Was man mit Feuer machen kann

Zigaretten anzünden,
Synagogen,
Bücher verbrennen,
Menschen,
dabei Zigaretten anzünden.

Entwicklung

Er machte einen Abstecher.
Er stach von den anderen ab.
Er stach andere ab.
Sie nannten ihn Abstecher.

Das Recht

mit Leben erfüllen:
mehr hängen,
mehr köpfen.

Meine Telephonnummer

Meine Telephonnummer:
82170.

Damals war sie dir eingebrannt
in die Haut,
unbekannter Vergaster,
Verbrannter.

Nun, wenn man mich anruft,
weiß ich nicht,
gilt es mir,
gilt es dir.

Nicht unterscheidbar

Dem einen einen Orden
um den Hals,
dem andern die Schlinge.

Dem einen ein Staatsbegräbnis,
der andre verscharrt,
weiß nicht, wo.

Dem einen ein Denkmal,
des andern gedenkt
nur die Witwe.

Der eine zerfällt,
der andre zerfällt –
nicht unterscheidbarer Staub.

Alles mit Worten

Geißeln,
kreuzigen,
verhöhnen,
alles mit Worten.

Es saust keine Geißel,
es hallt kein Hammerschlag,
es spritzt kein Blut,
es schallt kein Schmerzensschrei.

Die Geißelung,
die Kreuzigung,
die Verhöhnung:
alles mit Worten.

Alles nicht strafbar,
aber todsicher.

Die Schwären Hiobs

Und wieder
brennen sie auf,
die Schwären Hiobs,
die Sterne,
am Himmel
und auf meiner Haut.

Beim Bildhauer

Warum ich immer wieder
einen Marmorblock umarbeite
zu einer dem Menschen
ähnlichen Skulptur,
sie zu beseelen versuche
und es doch nicht zustande bringe,
daß sie atmet,
aufsteht,
den Arm um mich legt,
ohne die Arglist
des von Gott
erschaffenen Menschen?

Nach einer Zeitungsnotiz

(Immer schwerere Umweltschäden
an Bronzen und Steinplastiken /
Manches Stück muß unter Dach, um es
durch Abgüsse oder Kopien zu ersetzen.)

Darum also hat Er uns erschaffen
nach seinem Ebenbild:
Wir, erst unter der Erde
unter Dach und Fach.

Ob Gott uns liebt?

Ob Gott uns liebt
wie den Schnee?
Sofern er ihn liebt.

Ob Gott uns liebt,
die wir den Schnee färben
mit Blut?

Ich zweifle,
wenn ich ihn fallen sehe,
den Schnee,
arglos,
sanftmütig,
ohne die uns eigene
Mordlust.

Was denkt Gott?

Was denkt Gott,
wenn ich denke: schöner Baum?
Was denkt er,
wenn ich denke: schönes Gezweig?
Er schreitet in Gedanken
über mich hinweg,
die Zweige werfen Schatten,
wenn er sie anblickt.

Gebet

I

Gib Atem mir,
jeden Morgen genug,
die Bäume zu benennen,
das Laub und den Wind,
und gib, daß er bis zum Abend reicht!
Nachts will ich mich gern
mit weniger begnügen,
aber mehr gib den Schlaflosen,
ihren Seufzern,
daß du sie hörst!

II

Gib, daß meine Toten
wieder lebendig werden,
wenigstens in meinen Träumen;
denn bis zur Auferstehung
warten zu müssen,
übersteigt meine Geduld,
die nicht die Geduld von Steinen ist
und nicht die deine!

III

Später, wenn du mir
die Hand auflegst,
mich aufzuerwecken,
laß die nächste Berührung sein
meiner Stirn
die von Zweigen,
belaubt oder beschneit,
daß ich dir glaube!

Komm, Nacht!

Nach meiner Schläfe
tastest du, Nacht,
nach meinem Handgelenk?
Willst meinen Puls du fühlen,
ob ich noch lebe?
Komm, Nacht, leg den Mond,
dein scheues Ohr,
an meine Brust!
Dort schlägt das Herz.
Dort schlägt es mich zu Tod.

Im Traum sterben

Im Traum sterben.
Erwachen.
Wieder nicht auferstehn.

Nachts erwachen

Nachts erwachen,
die Augen aufschlagen,
als schlüge ich sie auf
unter Wasser,
die Nacht spüren,
wie ihr Druck
auf den Augenlidern weicht,
sternsalzig sie spüren
an der Wölbung der Augäpfel,
während Mondqualle treibt
und meine Arme
dem Traumsegel nachschwimmen,
lautlos, Delphine.

Schlafen

Schlafen –
und immer
die Schneide des Monds
kalt an der Kehle.

Welche Aussicht!

Unter dem Fallbeil
des Mondes
sind wir verurteilt
zu liegen.

Diese Scheinhinrichtung,
Nacht für Nacht!

Welche Aussicht:
begnadigt werden
zum Tod!

Wir lachen

Wir lachen,
um den Hals die Schlinge,
die sich enger zieht und enger
mit den Schleifen des Schmetterlingsflugs.

Heiliger Hain

Wir leben

unter der Hand,
die einmal die Oberhand
behalten wird.

Mein Kopf

Mein Kopf,
den ich in beiden Händen halte,
schwer wie ein Stein.

Vergeblich der Wunsch,
ihn fortzuwerfen,
weit von mir,
ihn rollen zu sehen,
den Abhang hinab.

Unten müßte er liegen,
ganz unten im Abgrund,
tief unter der Erde
in einer Wasserader,
die ihn lautlos durchspült,
ihm alles auswäscht, auslaugt:
Schmerz und Verzweiflung.

Lache ich, weine ich

Nicht ausgestattet
mit der Gabe zu weinen,
lache ich.
Alle halten mich
für lustig.
So täusche ich sie:
Lache ich, weine ich.

Tarnung

Auge in Auge mit dem
feurigen Mohn –
Was sieht er in mir?

Ich versuche, mich zu tarnen
mit seinem Spiegelbild
in meinen Augen,
täusche ihm den Bruder vor.

Der Fremdling

Aller Blumen Augen
sind auf mich gerichtet:
Befremdlich mein Gang,
befremdlich meine Arme,
die ich wie Pendel schwinge:
Keine Handbreit erheben sie mich
über den Erdboden –
Käme ich fliegend
wie die anderen Besucher,
die Schweber und Schwirrer,
die Gaukler und Gleiter,
ich wäre kein Fremdling
in den Augen der Blumen.

Und drehst du dich um

Längst bist du gestorben,
und doch sehe ich dich manchmal
unter den Menschen,
und ich rufe dich
bei deinem Namen,
und drehst du dich um,
siehst du nur einen Fremden.

Das Echo

Dein Schweigen
prallt ab
von den Felsen –

Schmerzhaft
trifft mich
das Echo.

Kleine Münzen

Alles, was er besitzt,
trägt er mit sich herum
im Herzbeutel:

Schmerz, der einmal war,
Hoffnungen, die er begrub,
Erinnerung an nicht
in Erfüllung Gegangenes –

kleine Münzen,
zu wechseln für
nichts.

Alles wird zurückverlangt

All unser Haar,
Brauen und Wimpern,
Augenlider, Lippen,
Ellenbogen, Knie,
Fingerspitzen, Fußsohlen,
und was uns sonst noch
mitgegeben wurde,
alles wird zurückverlangt,
aber auch alles,
wird zurückverlangt
auf Haut und Haar.

Herzverpflanzung

Vielleicht einmal
ein fremdes Herz
in meinen Brustkorb,

das meine
ab ins Feuer!

Das eine Schall,
das andre Rauch!

Der Alte

Mein Garten ist erfüllt
von einem Gesang,
den niemand sonst hört
außer mir,
sagt der Alte,
die Blumen, die singen
mit offenen Mündern,
die Gräser, die summen dazu,
der Wind spielt im Walnußbaum Harfe,
jeder andere Laut
ist ein Mißton –
ein Mißton,
wenn Er mich ruft.

Wenn ich im Grab liege

Der Blütenwipfel des Kirschbaums,
denke ich, wird mich überleben,
wenn auch nur als weiße Wolke
über verdorrtem Geäst,
als Traum, den ich träume,
wenn ich im Grab liege.

Nur Staub

Als du sehr klein warst,
fingst du Schmetterlinge

Günter Eich

Du hieltest ihn fest umschlossen,
den Schmetterling,
mit deiner kleinen Faust
und warst voller Freude,
einen Schimmer Licht
gefangen zu haben –
Aber als du die Faust öffnetest,
war da nur Staub,
glitzernder Staub.

Schmetterlinge

Ich halte sie für
ausgehauchte Seelen.

Mein fester Glaube an die
Unsterblichkeit der Seele –

Der erste Nachtfrost schon
wird ihn erschüttern.

Laub rechen

Laub rechen,
raschelndes.
Was bleibt ihm vom Schimmer
des Sommers,
vom Flüstern mit Pan
im numidischen Glutwind –
ein Kräuseln des Rauchs nur
durch zitternd durchsonntes Geäst,
und mir die Hoffnung,
fortzuleben für eine Weile
in milderen Augen,
sanfteren Lippen.

Fortleben

Fortleben in Buchstaben,
als Name, gemeißelt
in einen Grabstein,
in wenigen Zeilen eines Briefs,
wenn es hoch kommt,
in zwei Strophen
eines Gedichts.

Nicht umsonst gelebt

Zweige haben meine Stirn gestreift,
Schnee ist auf mein Haar gefallen,
stets war Schmerz gerecht,
und Nächte waren,
mich vom Taglicht auszuweinen,
Wind war, ungehört zu seufzen,
Schmetterlinge fanden würdig
meine Haut, sich auf ihr zu lieben:
So hab ich nicht umsonst gelebt.

Nur ein lindes Lüftchen

Ich möchte,
daß das Flügelschlagen
des Todesengels
nur ein lindes Lüftchen sei
und ich ein Blütenblatt,
das schmerzlos
unter seinem Anhauch
fällt.

Ich wage zu glauben

Dieses Seufzen über den
Gräbern am Abend –
ist es die leichte Brise,
die von Westen her weht
und die Zypressen erschauern läßt,
oder versuchen die marmornen Grabengel
vor Sehnsucht nach dem Fliegen
ihre Flügel zu lupfen?

Ich möchte kein Toter sein,
noch nicht,
geschweige denn ein Grabengel:
Immer in Trauer verharrend
an derselben Stelle,
haben Grabengel keinerlei Aussicht,
sich jemals in die Luft zu erheben –

es sei denn als Staub,
zu dem sie zerfallen werden
wie in den Gräbern die Toten,
und diese, so wage ich zu glauben,
kommen dem Grabengelstaub
mit ihrer Auferstehung zuvor.

144

Alte Frau

Die Hand der alten Frau:
ein dürres Blatt –
im Nu zu Staub zerrieben.

Die letzte Zeit

Die Wärme des Bluts
und der Empfindungen nimmt ab.

Schneeflocken schmelzen nicht mehr
auf der Haut.

Von Winter zu Winter
immer tiefer eingeschneit.

Die Sommer dazwischen
bewirken nichts mehr.

Die letzte Zeit
wird ein einziger Winter sein.

In der Stunde des Absterbens

Nichts aufgezeichnet von den Geräuschen
aneinander sich reibender Heuschreckflügel –
zu belanglos, vergessen!

Aber in der Stunde des Absterbens
kehren sie, vor einem halben Leben vernommen,
tröstlich ins Ohr zurück.

Letzte Worte

Wozu noch letzte Worte,
da wir doch ohnehin
nichts zu sagen haben!

Eine lustigere Todesart, bitte!

Eine lustigere Todesart, bitte,
wenn es denn sein muß!

Mit Salz auf den Fußsohlen,
an denen Ziegen lecken?
Nein, danke, olle Kamellen!

Ich will mich auf andere Weise
zu Tode lachen!

An einen Windmühlflügel gebunden,
zum Beispiel,
der kreist, immerzu kreist:

Das kitzelt so schön im Bauch,
das kitzelt vergnüglich
das Leben aus dem Leib!

Wir, hinters Licht geführt

Wir, hinters Licht geführt,
haben keinen Durchblick mehr.

Staub hängt sich uns an die Wimpern,
beschwert uns die Lider,
bis sie uns zufallen –
Geschieht dies aus Barmherzigkeit?

Geschieht es darum,
daß uns die unerbittliche Erde
nicht auf bloßem Auge liegt?

Paradox?

Ob er einmal die Lust
verliert an unserer
Sterblichkeit,
uns leben läßt –

uns leben läßt
ohne jegliche
Hoffnung auf ein
ewiges Leben?

An Stelle eines Nachworts

Gegen die Unfreiheit

Wenn ich auf mein Leben zurückblicke, dann tritt mir immer klarer vor Augen, daß es in weiten Phasen von Unfreiheit bestimmt war. Damit ist schon jetzt eine Frage beantwortet, die jedem Schreibenden gestellt wird: Wie kamen Sie zum Schreiben? Denn was ist Schreiben anderes als ein Befreiungsschlag, der Versuch, der Unfreiheit, die einen jeglichen bedroht und bedrängt, zu entkommen!

Bereits zwei Jahre vor meiner Geburt herrschte in Deutschland Unfreiheit in ihrer barbarischsten Ausprägung: Ganz in der Nähe unserer Wohnung in Dachau war 1933 das erste Konzentrationslager Deutschlands eröffnet worden. Mit den Augen eines Kindes sah ich ausgemergelte Männer in Sträflingskleidung, die, in Zuggurte gespannt und von bewaffneten Posten begleitet, riesige Lastwägen auf Ballonreifen zogen.

Ich sah, wie einer von ihnen von einem entmenschten Bewacher in eine mit Wasser gefüllte Kiesgrube gestoßen wurde, und als er auftauchte und nach Luft ringend ans Ufer klettern wollte, von seinem Peiniger immer wieder zurückgestoßen wurde ins Wasser, bis ihm der Atem versagte. Ich sah als 10jähriger, wie Tausende von toten KZlern, die von den Befreiern im KZ zu Bergen gestapelt vorgefunden worden waren, auf Leiterwägen in langen Leichenzügen zu einem Massengrab auf der Etzenhauser Leiten transportiert wurden.

Meine christkatholischen Eltern, die väterlicherseits Etzenhauser und mütterlicherseits Augustenfelder Bauerngeschlechtern entstammten und 1933 die Bayerische Volkspartei gewählt hatten, lehnten den Nationalsozialismus strikt ab, und diese Haltung übertrugen sie auch auf mich. Mit ihrer Rückenstärkung ignorierte ich als 10jähriger fortwährend die Befehle der HJ, zu ihren Appellen zu erscheinen.

Sicherlich konnte ich als Kind das volle Ausmaß der Unfreiheit, unter deren Joch wir alle leben mußten, noch nicht ermessen, aber so etwas wie Ahnung mochte schon in mir aufgestiegen sein, als ich tagtäglich mit ansehen mußte, wie Menschen zu Zugochsen erniedrigt und mißhandelt wurden, wie man den vom Ersten Weltkrieg her invaliden

Vater noch in den letzten Kriegstagen zur Flak nach Augsburg holen wollte, dem er sich aber durch Nichtbeachtung des Gestellungsbefehls entzog, und wie man schließlich mich selbst zur verachteten HJ zwingen wollte.

In jenen Tagen, da mir das Entsetzen über die nazistische Barbarei vorzeitig die Kinderaugen öffnete, mag mein Hang zur Widerborstigkeit, ja zum Widerstand gegen jeglichen Zwang, mir von den Dachauer und Oberpfälzer Eltern und Voreltern mit in die Wiege gelegt, zum Ausbruch gekommen und gefestigt worden sein.

Eine andere, von althergebrachten katholischen Erziehungsgrundsätzen bestimmte und legalisierte Form der Unfreiheit erfuhr ich, als ich als 11jähriger in das Erzbischöfliche Knabenseminar in Freising eintrat, um Priester zu werden. Alles Handeln und Denken galt dem hehren Ziel, nämlich den Priesterstand zu erreichen, alles andere wurde dem untergeordnet, ja geopfert: die Nestwärme des Elternhauses, persönliches Wohlergehen, Annehmlichkeiten, Vergnügungen, welche die Jugend liebt und die ihr naturgemäß zustehen, Verliebtheit und Tändelei, Tanz und Ausgelassenheit. Ein der Jugend nicht gemäßer Lebensernst wurde uns anerzogen. Wir sollten den Blick gewinnen für das Leid, die

Sünde, für Krankheit und Tod. Hierzu diente ein strenges Reglement, die exakte Einteilung des Tagesablaufs, die Vorgabe, was geistig-seelische Nahrung sein durfte. Die schrille Hausglocke weckte uns in aller Herrgottsfrüh, rief uns zum Frühstudium am Stehpult, zur täglichen heiligen Messe, zum Unterricht am staatlichen Domgymnasium, zu den Mahlzeiten, zu Spaziergängen, Spiel und Sport, zu den ausgedehnten Studierzeiten und zu den karg bemessenen Freistunden.

Diese benutzte ich zum autodidaktischen Erlernen des Geigespiels mutterseelenallein in einem der zahlreichen Musikzimmer, zum Durchstöbern der umfänglichen Seminarbibliothek, und da entdeckte ich zum ersten Mal in meinem Zöglingsleben eine Möglichkeit, alle Zwänge zu ertragen, ja innerlich abzuschütteln: indem ich mich in die Welt der Dichtkunst versenkte, ein phantastisches Leben neben meinem gleichförmigen Zöglingsleben zu leben begann, das Leben der Dichter und ihrer literarischen Gestalten. So entdeckte ich Theodor Storm, seine Novellen, seine Gedichte. In „Aquis submersus" und in „Ein Fest auf Haderslevhuus" durchbebten mich die Wonnen der ersten Liebe, die mir als Anwärter auf den Priesterstand verboten war, erschauerte ich unter dem Anhauch des Todes, der mir zum dunklen Gespielen wurde. Und auch ein Hauch der Stormschen Irreligiosität berührte mich. Immer wieder und wieder las ich sein Gedicht „Kruzifixus": „So. jedem reinen Aug ein Schauder, / Ragt es herein in unsere Zeit; / Verewigend den alten Frevel, / Ein Bild der Unversöhnlichkeit." – nämlich das Kreuz. Eine Aufmüpfigkeit gegen den Gekreuzigten, unter dessen Kreuz man mich zwingen wollte, wuchs in mir, und doch durfte ich dem nicht nachgeben, meine zunehmende Abneigung gegen das Berufsziel, gegen die Einübung der kultischen Handlungen, die ich nur mehr als Lippendienst und Blasphemie empfand, nicht nach außen zur Schau stellen, schon um meiner Eltern, des Ortspfarrers, der geistlichen Erzieher und meiner Mitzöglinge willen.

Ich durfte in ihren Augen nicht aus der Rolle fallen, mußte das Ziel verfolgen auf Gedeih und Verderb, durfte auch meinen Platz im Knabenseminar, der allein mir den Besuch einer höheren Schule ermöglichte, nicht gefährden. Zu allem Überfluß verliebte ich mich bis über beide Ohren in eine Mitschülerin am Gymnasium, eine Sünde wider das Berufsethos, ein Sakrileg! Storms sentimentale bis sinnliche Liebeslyrik bestärkte mich in meiner Neigung, und ich begann, Storm nachahmend, die Angebetete mit eigenen

Gedichten zu besingen – der Beginn meines Dichtens! Es blieb aber nicht bei Liebesgedichten, denn bald entdeckte ich in der Seminarbibliothek Kurt Pinthus' Sammlung expressionistischer deutscher Dichtung: „Menschheitsdämmerung". Bald wurden Gottfried Benn, Georg Heym und Georg Trakl meine Lieblingsdichter, und mir ging auf, daß es neben der Liebe auch noch anderes gab: die Schönheit der Natur, aber auch ihre Gleichgültigkeit gegenüber uns Menschen, ihre Grausamkeit, weiter den gequälten Aufschrei des Mitmenschen, seinen Zorn und sein Sich-Auflehnen gegenüber dem Schicksal, gegenüber den Mächtigen. Georg Trakls Schwermut, Todessehnsucht und Gottesferne schlugen mich in ihren Bann. Trakl wurde mein dichterisches Vorbild, das mich verwirrte, betäubte, mir meinen eigenen dichterischen Weg verschüttete – zunächst.

Sosehr ich vermöge des entdeckten Auswegs, mich für all meine körperlichen, seelischen und geistigen Entbehrungen durch die Dichtung, ja das eigene Dichten, zu entschädigen, im Widerstreit lag mit unserem Berufsziel, die Dichtkunst gab mir zumindest die notwendige Gedankenfreiheit, gab mir die Kraft, die mehr und mehr ungeliebten Zwänge ohne offenes Aufbegehren zu ertragen. Ich schlitterte in ein

Doppelleben, in ein Ersatzleben hinein, von dem niemand wußte, niemand wissen durfte. Meine Gedichte schrieb ich im Abort des Erzbischöflichen Knabenseminars und meine Gedichthefte verwahrte ich im abschließbaren Spind in einem der im Parterre gelegenen Arkadengänge. Vor den von Zeit zu Zeit von den, Präfekten genannten, geistlichen Erziehern durchgeführten Spind-Kontrollen rettete ich meine Gedichthefte, indem ich sie am eigenen Körper unter der Kleidung versteckte. Über mein Zöglingsleben habe ich, spät genug, erst 1991, also mit 56 Jahren, in meinem autobiographischen Roman „Der Zögling" berichtet.

Mein Zöglingsleben endete 1954 mit meiner Weigerung, auf die Philosophisch-Theologische Hochschule überzuwechseln, was mir den Zorn des Ortspfarrers und die Verachtung meiner Mutter einbrachte. Ich begehrte nichts anderes als Freiheit, wollte nichts anderes, als der Bindung mit Haut und Haaren an ein Priestertum, das mir gleichgültig geworden war, zu entrinnen, wollte endlich alle Zwänge und Verletzungen des Seminarlebens vergessen. Und ich tat etwas, was ich als ausgeprägter Freiheitsfanatiker und „angehender Dichter" unter gar keinen Umständen hätte tun dürfen: Ich stürzte mich Hals über Kopf in eine neue Abhängigkeit, Unfreiheit, wurde Beamter, begab mich in ein Dienst- und Treueverhältnis zu einem Dienstherrn auf Gedeih und Verderb, stülpte mir quasi selbst einen Maulkorb über. Die Fron einer über vierzigjährigen Beamtendienstzeit begann. Dabei war der penible Gesetzesvollzug nicht das Schlimmste, war er doch zumeist Dienst am Bürger. Aber zusehen und den Mund halten zu müssen, wenn Engstirnigkeit und Inkompetenz von Vorgesetzten, Selbstgefälligkeit, Wichtigtuerei und Eigennutz gewählter Volksvertreter, von denen man abhing, die Richtung bestimmten, das ging unter die Haut, machte aggressiv, und oftmals platzte mir der Kragen, und ich sagte, was ich als „Maulkorbträger" nicht hätte sagen dürfen, so daß ich mich zunehmend mißliebig machte. Aber was lag mir am Ansehen bei Vorgesetzten, Politikern! Nichts! Denn ich hatte meine Dichtung, der ich nun schon seit über 40 Jahren die Treue halte. Sie rettete mich über mein tristes Subalternendasein hinweg, half mir, die Unfreiheit, in die ich mich trotz meiner negativen Erfahrungen im Seminar sehenden Auges begeben hatte, halbwegs zu ertragen. Neue dichterische Vorbilder tauchten auf: Oskar Loerke, Wilhelm Lehmann, Georg Britting, Georg von der Vring, Friedrich Schnack, den ich noch persönlich kennenlernen durfte.

Und ich machte die Bekanntschaft mit der ostasiatischen Lyrik, in Sonderheit mit dem japanischen Haiku, der kleinsten Gedichtform der Welt. Dieses vom Zen-Buddhismus beeinflußte Drei-Zeilen-Gedicht in der Anordnung 5/7/5, in dem vermöge eines einfachen Naturbilds Welt-Erkenntnis aufblitzt, empfinde ich wie mir auf den Leib geschneidert. Ein halbes Dutzend Haiku-Bände zeugt von meiner Begeisterung für diese Gedichtform, die in Wirklichkeit mehr ist, nämlich nahezu ein religiöses Bekenntnis.

In mehr als 40 Jahren Dienst am Gedicht habe ich über zwei Dutzend Gedichtbände vorgelegt. Der Prosa habe ich erst in den letzten Jahren Raum gegeben: mit meinem autobiographischen Roman „Der Zögling", 1991, und mit meinem Erzählband „Aller Leidenden Freude", 1993, in dem Erinnerungen aus meiner Kindheit und Jugend, auch aus der Freisinger Zeit, anklingen.

In allen meinen dichterischen Schöpfungen, ob Lyrik oder Prosa, scheint auf, was mich von Jugend auf am stärksten bewegt: der Kampf des eigenen Ich gegen die Unfreiheit, sein Unterliegen und auch sein Obsiegen. Seit ich meinen Beamtenberuf an den Nagel gehängt habe, um endlich unabhängig zu sein, nicht mehr kuschen zu müssen, verlebe ich eine Zeit ungewohnter und ungeahnter Freiheit, in der ich endlich ungehemmt tun darf, was ich eigentlich immer nur so nebenbei tat, nämlich mich der Dichtkunst hinzugeben.

Von dieser lasse ich mich gern vereinnahmen, mich zu ihrem Knecht machen. Ihrem sanften, süßen Zwang beuge ich mich mit Freude. Es ist der einzige, den ich annehme, ohne Zähneknirschen, ohne Reue.

M. G.

(Am 23. 2. 1995 gesendet vom Bayerischen Rundfunk anläßlich des 60. Geburtstags des Autors.)

Michael Groißmeier
im Arcos Verlag

Der Tod in Flandern
Gedichte 1958–1995

Literatur bei Arcos   Band 2   1996
ISBN 3-9804608-3-5

„Seine Stimme ist unverwechselbar eigen, getränkt mit bayerischem Pantheismus – in beiden Teilen dieses Begriffs, der unlösbaren Einbindung in die Gesamtheit der Natur (Pan) und in den Wurzelboden uralter bayerischer Gläubigkeit mit Lebensrausch und Todessehnsucht."

Die Neue Bücherei, München

„In diesen Liedern von Schönheit, Liebe und Vergänglichkeit gestattet sich der Dichter einen mitunter jenseits des Wortsinns weiterklingenden Amor fati, eine Daseinszuversicht, die über die Unentrinnbarkeit menschlichen Bedingtseins hinausweist."

Walter Münz, Bayerischer Rundfunk

Deine gespielten Exekutionen, Skrjabin!

Gedichte

Literatur bei Arcos   Band 3   1997
ISBN 3-9804608-6-X

„Die kurzen, konzentrierten Prosagedichte, in denen anhand prägnanter Bilder oft überraschende Einsichten mitgeteilt werden, laden zum meditierenden Lesen ein. Vor allem die Naturgedichte sind geprägt von einer ernsten Spiritualität, die an Rilke, Hesse oder – durch das immer wieder durchscheinende *vanitas*-Motiv – auch an Trakl erinnern. Besonders hervorzuheben sind einige beklemmende Gedichte, in denen sich der 1935 geborene Dachauer Dichter mit seinen Kindheitserinnerungen an den Krieg auseinandersetzt und traumatische Eindrücke im Zusammenhang mit dem KZ Dachau verbalisiert."

Die Neue Bücherei, München

„Groißmeier gilt als Meister des deutschen Haiku, das wohl jegliche Art seiner Lyrik beeinflußt hat: In klarer, eindringlicher Sprache, oft von Naturbeobachtungen ausgehend, zieht er mit einem Minimum an Worten den Bogen von bloß Sichtbarem zu philosophischer Erkenntnis. Gerade heute, da Sprache in den Medien häufig zum Plappern verkommt, bringen Groißmeiers Gedichte das Gewicht, die Wirkung eines einzelnen Wortes wieder ins Bewußtsein.“

lesenswert, Empfehlenswerte Bücher für Schulbibliotheken in Bayern

Stimmen zu Michael Groißmeiers „Gedichte 1963–1993"
mit einem Nachwort von Heinz Piontek,
Ehrenwirth Verlag, München, 1995

„Der in Dachau aufgewachsene und lebende Autor hat in drei Jahrzehnten siebzehn Lyrikbände veröffentlicht, die acht Haiku-Bände nicht mitgerechnet, die den Dichter als einen auch in Japan angesehenen Meister dieser poetischen Kürzestform ausweisen.

Man kann die Auswahl aus Groißmeiers lyrischem Werk diese 118 Gedichte aus dreißig Jahren, als Vorspiel zum Nachwort auffassen, nämlich als das gesammelte Beweismaterial für Pionteks These, daß wir es mit einem bayerischen Poeten ersten Ranges zu tun haben. Das regionale Attribut bedeutet keine Einschränkung – im Gegenteil. Ein längerer Exkurs über „Bayern und die Lyrik" skizziert mit den Namen Brecht und Britting den Rahmen, in den wir Groißmeiers Gedichte, die vom haikuhaften Lakonismus bis zum mehrere Seiten umfassenden Erzählgedicht reichen, poetischer Gerechtigkeit halber einzuordnen haben."

Albert von Schirnding, Süddeutsche Zeitung

167

„Einer, der sich nie vom Zeitgeist hat betören lassen, der über Jahre und von Gedichtband zu Gedichtband besonnen ‚an Lautlosem' sein Ohr geschärft hat, ist Michael Groißmeier …
Über all dem steht ein großer Ernst im Umgang mit Sprache, der den Worten nicht mit dem Seziermesser zu Leibe rückt, aber die im Wortklang geborgene Sinnlichkeit anrührt …
Näher als die metaphernreiche oder die expressive Bildsprache liegt Groißmeier eine fast unterkühlt anmutende Gedankenlyrik. In ihrem Grenzwert nimmt sie die Form reiner Evokation der japanischen Kurzlyrik an, in der Groißmeier eine auch in Japan anerkannte Meisterschaft erreicht hat."

Roman Bucheli, Neue Zürcher Zeitung